2 0 0 9 2 0 1 4

느 티 나 무
비 명 碑 銘

SIJO
POEMS
BY
JAE-YOUNG
YOO

20092014

느티나무
비명碑銘

유 재 영 시 조 집

 동학사

시인의 말

나는 한 번도 시조를 고쳐 쓰지 않았다
다만 다시 썼을 뿐이다.
2008년 두 번째 시조집『절반의 고요』를 출간하고
이 시조집에 스물 세 편의 작품을 싣는다.
나에게 6년 동안 시조 스물 세 편은 너무 많다.
3장 6구 43자 내외의 시조에서 형식은
말이 많은 시대 가혹하리 만치
함축과 절제를 요구한다.
앞으로 더 몇 편의 시조를 쓸지는
나 자신도 모른다.
시간이 주어지면
절필하듯 시조를 쓰겠다.
그렇게 쓰겠다.

2014 초여름   유재영

CONTENTS

느티나무 비명 碑銘 1 · 10

느티나무 비명 碑銘 2 · 11

가랑잎 무게 · 12

겨울 적소 謫所 · 14

어떤 자서 自敍 · 17

바람이 연잎 접듯 · 20

조선옹기를 주제로 한 세 가지의 시적 변용 · 22

뻐꾸기로 우는 봉분 · 25

그리운 잔 盞 · 26

어린 날의 달개비꽃 · 28

내 마음의 음각선 陰刻線 · 31

내간체 內簡體로 읽는 봄 · 34

떠나는 가을 길 · 36

모월 모일 某月某日 · 39

생각이 깊어지면 · 42

어느 날의 진경산수 眞景山水 · 45

어머니 쌀독 · 48

나무 성자 聖者 · 51

첫눈 · 54

가을 무설전 無說殿 · 56

살구빛 저녁 · 58

분홍 그늘 · 60

봉선홍경사갈비 奉先弘慶寺碣碑 · 62

유재영 시를 읽는 아홉 가지의 방식 - 장석주 · 68

SIJO POEMS BY JAE-YOUNG YOO
20092014

느 티 나 무
비 명 碑 銘

SIJO POEMS BY JAE-YOUNG YOO
20092014

느티나무 비명 碑銘 · 1

고것들 황조롱이 처음으로 비행한 날 손 모으고 공손히 그늘 깊이 찾아온, 그
누구 빗금 친 생生이 나무에게 절을 한다

느티나무 비명 碑銘 · 2

저 마을 누가 사나 멀리 봐도 훤히 알 듯 석양 녘 길손 두엇 지팡이로 가리킨
곳, 속잎 핀 느티나무에 잊었던 고모 생각

가랑잎 무게

1

내 또래 그 가을을 보고 싶어 찾았더니 귀룽나무 어디에도 친구는 간데없고
파랗게 여문 하늘만 끌어안고 왔습니다

2

열매주酒 한 병 들고 다시 찾은 그 가을 어느새 그도 나도 얼룩진 나이라서
받아 든 가랑잎 무게 도로 내려놓습니다

겨울 적소 謫所

밤새 내린 폭설에 팔뚝 선뜻 내어 준 깨끗해서 두려워라 허리 굽은 조선 솔, 찢
어진 허공에 내건 얼어붙은 절명시絶命詩여

더 이상 갈 곳 없어 먹바위 벼랑 끝에 누군가 벗어 놓은 수직의 빙폭氷瀑 한 필,

막혔던 마음 문 열면 물소리도 들릴까

1

칸칸이 묵언에 든 삼동의 연밥 독방 오그라든 언 발로 찾아든 박새 가족, 하늘에 담긴 구름이 공복空腹인 양 눈부셔라

어떤 자서 自敍

1

서울행 막차 놓친 만포滿浦 나루 주막집, 낭림산狼林山 생치회生雉膾랑 거푸
마신 화주 몇 잔. 나이도 고향도 숨긴 희미한 늙은 사내

2

흑백사진 달랑 들고 옛 주소 물어물어 주름 깊고 마른 삭신 문밖에 선 봉두난 발, 누구슈? 다 낡고 삭은 민적民籍 속의 저 이름……

3

반갑구나 귀밑 점, 점돌 아재 맞는구나. 할머니 눈 못 감던 아재 이름 맞는구나. 정말
로 밤도둑처럼 그렇게 그가 왔다

SIJO POEMS BY JAE-YOUNG YOO

2009 2014

바람이 연잎 접듯

어린 구름 배밀이 훑쳐보다 문득 들킨

고개 저든 자벌레 이끼 서은 작은 돌담

오동잎 무른 그림자 말똥처럼 누워 있다

고요가 턱을 괴는 동남향 뒷마루에

막 냄새 뒤튼 맑은 수월체 한나절은

바람이 연잎을 접듯 내 생각도 반그늘

차 한 잔 따라 놓고 누군가 기다리다

꽃씨가 날아가는 방향을 바라본다

어쩌면 우리 먼 그때, 약속 같은 햇빛이며

조선옹기를 주제로 한 세 가지의 시적 변용

1

이 나라의 지극한 인심이며 햇빛이며

봉숭아 꽃물에다 우리 누님 울음까지

잘 구운 질흙 대장경 오딧빛 저 항아리

2

야아 …… 소리치면 해맑은 울림소리

목청 고운 아이가 그 안에 살고 있어

일곱 살 깨금발 딛고 찾아가던 뒤울 안

3

빗물 고인 소래기 잠시 머문 구름처럼

이순耳順의 한 윤곽이 가만히 지워진다

지워도, 남는 굽 자국 육필肉筆 같은 생이 있다

뻐꾸기로 우는 봉분

아버지 모시면서 그 해 봄도 함께 묻어

해마다 이맘때면 뻐꾸기로 우는 봉분

옆자리 우리 어머니 함께 듣고 계실까

저승도 보인다는 오동꽃 환한 날엔

눈에 익은 행서체로 나직이 휘어지는

그 말씀 무릎을 꿇고 잔처럼 받습니다

그 리 운 잔 盞

한 방울 한 방울씩 가슴 깊이 스며들어

누군가 내게 와서 잔이 된 그 사람은

공손히 두 손 모으고 받아드는 떨림이여

무덤덤한 질그릇도 비우면 잔이 된다

다 주고 빈 껍질이 씨앗의 어머니라

조용히 남기신 말씀 촛농보다 뜨거워라

수많은 갈渴한 목이 스쳐갔을 네 입술

평생을 봉헌하고 잔금 간 굽은 어깨

내 생도 그 누구에게 그리운 잔이 될까

어 린 날 의 달 개 비 꽃

고향 울밑 어디서나 피다 지는 꽃이 있다

헤어지고 오던 날 남겨 둔 하늘처럼

유난히 동맥이 파란 몸매 야윈 그 아이

소꿉놀이 지치고 흙담 아래 주저앉아

그렇지, 도란도란 눈도 멀고 귀도 멀던

살며시 단발머리에 얹어주던 청보라

희미한 옛 시간도 꼭 쥐면 물이 들까

꽃 속에 있던 아이 어디에도 없는데

부르면 나올 것 같은 어린 날의 달개비꽃

내 마음의 음각선 陰刻線

맑은 피 불이 붙는 가을도 이쯤이면

삶이란 초벌구이 잔금 간 찻잔처럼

마음에 음각선陰刻線 긋고 목 가누며 앉고 싶다

때로는 박새들이 물똥 누며 놀다 가는

삐뚜름한 탑을 품고 조가비만한 절이 한 채

닿을 듯 추녀 아래로 흔들리는 청동빛

산 아래 우물에는 무슨 별이 잠길까

옛사랑 이야기도 거의 다 끝날 무렵

오동잎 마른 그림자 반쯤 가린 열사흘 밤

내 간체 內簡體 로 읽는 봄

닫혀진 여닫이문 금방 누가 들어간 듯

흰 고무신 벗어 놓은 마당 좁은 건넌방

신생아 울음소리에 봄이 살짝 젖습니다

이맘때 햇빛들이 벌떼처럼 모여들어

세상일 궁금한지 삭은 뼈도 뒤적이는

무엇가 나생이꽃이 촛불처럼 밝습니다

먼 사랑 수를 속에 부러 맞댄 고운 세가

하늘 깊이 날아가 묻어 온 어린 별을

꼭지째 가슴에 품고 또 하루를 보냅니다

떠나는 가을 길

1

달 아래 마른 갈대 벌레 앉힌 늦은 밤

이 빠진 조선 제기 식솔食率 같은 낙과 몇 개

작은 방 가득 넘치는 감찰빛 이 호사여

2

어릴 적 돌팔매가 아직도 날아가는

이마 맞댄 열매들이 팽팽하게 휘인 허공

창 열자 말간 단물이 입 안 가득 고여 오다

3

보던 책 덮어 두고 귀로 읽는 기럭 울음

떠나는 가을 길이 저리 환한 거라면

이런 날 아름다운 죄, 우리 한 번 짓는 거야

모월 모일 某月某日

1

빗자국이 선명한 절 마당 한가운데

날아가던 먹황새 따끈한 물똥 공양

하늘이 맑은 이치를 오늘에야 알겠네

2

돌, 바람, 이끼, 구름, 부전나비, 노루귀

몸에 묻은 햇빛까지 모두 다 내려놓고

초록빛 벌레울음만 귀에 담아 가야겠다

3

물소리도 헐거운 하안거 끝난 자리

어제 읽은 유마경이 메꽃으로 피어 있다

경사진 고요 속으로 사라지는 모월 모일

생각이 깊어지면

1

적막이란 적막들 모두 다 갉아 먹은

깡마른 벌레소리 오도독 씹히는 밤

내일은 적멸궁寂滅宮 앞에 열매 하나 더 붉겠다

2

생각도 깊어지면 감물이 드는 갑다

빈 찻잔에 가라앉은 가랑잎 맑은 소리

닫힌 창 방긋이 열자 별빛으로 오는 소식

3

숨겨 온 흰 종아리 명아주 대궁 같은

손 닿으면 울 것 같아 비워 둔 그 자리에

누구냐, 달빛 가르며 길을 내는 저 사람은

어느 날의 진경산수 眞景山水

1

붓 자국도 희미한 밀서密書 같은 길을 가다

눈부신 기척 있어 되돌아본 그 자리에

한지 빛 하늘을 이고 번져 오는 묵매墨梅 향기

2

비 개고 반나절은 구름도 옥양목 빛

경상經床 위 오리 연적 살 오른 몸매하며

이런 날 인왕제색도仁王霽色圖 낙관으로 앉고 싶다

3

은어 떼 한창이란 봄소식 보낸 친구

섬진강 물소리가 여기까지 따라와서

그림 속 원앙 한 쌍이 숨어드는 버들 숲

어머니 쌀독

1

그만 됐다, 고단한 하루 일을 끝내고

어둑한 상머리에 둘러앉은 식구들

외양간 워낭 소리도 권속眷屬 같던 그날 밤

2

임진년 가뭄에도 갑오년 홍수에도

시린 어깨 추스르며 한 가문을 지켰느니

이 나라 그릇 중에도 제일 큰 어른이여

3

언제나 못 다 채운 우리 집 쌀독처럼

6대 종부 가슴 조인 일생도 그러셨다

오늘은 어머니 휘일諱日 받쳐 든 메 한 그릇

나무 성자 聖者

마을 앞 서로 굽고 동으로 뻗은 가지

굳은살에 검버섯도 드문드문 피는 육신

나이도 이쯤이 되면 넉넉한 그늘 한 채

부러진 가지 줍고 마른 잎 물어 오고

염주를 굴리듯이 가슴으로 품어 키운

내일은 수리 새끼들 분가하는 날이다

소쩍새 밤이 깊자 등이 휘는 북극성

하늘도 내려놓고 잠시 눈을 감는 사이

가지 끝 오목한 달이 꽃등처럼 걸렸네

첫눈

잎새만한 작은 교회

헐거운 풍금소리

흐릿한 등불 아래

무릎 꿇은 두 그림자

그들의

야윈 어깨에

가만히 와 얹히는 손,

SIJO POEMS BY JAE-YOUNG YOO
20092014

첫눈 내린 교회마당

누가 다녀가셨을까

처음 보는 발자국이

너무 크고 깊어서

별처럼

은그릇처럼

오래도록 반짝였다

1

SIJO POEMS BY JAE-YOUNG YOO

20092014

가을 무설전 無說殿

소년 시절 밤마다 모래 위에 쌓던 성

스무 살 무렵부터 글로 써 본 바람의 집

마흔에 이르러서는 북향집도 가져 봤지

두 귀도 멍멍하고 첫사랑도 아득해져

손 차양 그 너머로 아무도 올 것 같잖은

내 나이 이쯤 되어선 다들 알고 있을 거야

저승새 울다 가고 단풍물 내린 자리

크면 어때 큰 대로, 또 작으면 작은 대로

마음속 가을 무섭전 그린 집 품고 싶다

살구빛 저녁

외로움도

마주치면

별빛보다

아름다워

인간사

슬픈 꿈이

팔랑춤

머문 자리

무릎맘

텅 빈 공간이

긴 목으로

서 잇네

분홍 그늘

소나기

지난 자리

여뀌꽃

분홍 그늘,

조붓한

빗도랑에

무슨 잔치 났나 보다

갈갈갈

새물내 맡고

모여드는

피라미 떼

봉선홍경사갈비 奉先弘慶寺碣碑

왕비의 이빨조차 썩지 않는 불멸의 땅

옛 백제의 천안시 서북구 헹겡이*벌

고려국 마지막 유민流民 멈춰 선 듯 돌비 하나

---

* 헹겡이 : 충남 천안시 서북구 성환읍 대홍리. 시인 김상묵의 고향.

SIJO POEMS BY JAE-YOUNG YOO
20092014

구름 두른 머릿돌엔 비룡飛龍이 꿈틀대고

받침돌 당초무늬 덩굴손 뻗은 자리

머리를 오른쪽으로 눈 부릅뜬 이무기여

해동공자 최충 글을 백현례 해서체로

천년 세월 두고두고 숨을 쉬듯 정갈한 뜻

비, 바람, 눈보라까지 획劃이며 운韻인 것을

한때는 임금님도 머물다 간 큰 절집

정권은 부패했고 나라는 토탄이다

어쩌다 백성들 원성 여기까지 사무쳤나

대웅전도 가림막도 다 벗어던졌다

없는 자 헐벗은 자 병든 자 버려진 자

홀로 서 들판에 우뚝, 그들 보러 나왔구나

살육과 화염에도 타지 않는 민중의 혼

위례에서 곰나루 흙비 오는 길을 따라

오늘도 망이·망소이* 그 함성을 듣겠네

---

* 망이·망소이란 : 고려 무인 집권 시대에 굶주린 백성들을 모아 망이·망소이가 일으켰던 민란의 하나.
  그들에 의해 봉선홍경사갈비가 있던 홍경사가 불탔다.

유 재 영

시 를   읽 는

아 홉   가 지 의

방 식

ⓒ문학자

장석주 ┃ 시인·문학평론가

시인, 문장 노동자, 독서광. 논산에서 나고, 서울에서 자랐다. 날마다 책을 읽고 산책하는 걸 인생의 큰 보람으로 삼는 사람이다. 1975년 《월간 문학》 신인상 공모에 시, 1979년 조선일보 신춘문예에 시가 당선했다. 시집 《오랫동안》과 《몽해항로》를 포함해 책을 여럿 썼다. 고려원 편집장을 거쳐 청하에서 열다섯 해 동안 편집자로 일했다. 그 뒤 전업 작가로 살며 동덕여대, 경희사이버대, 명지전문대 등에서 강의했다. 2007년에서 2010년까지 국악방송에서 〈문화 사랑방〉에 이어 〈행복한 문학〉의 진행자로 활동했다. 《소설:장석주의 소설 창작 특강》(2002년 출판인회의 '이달의 책'), 《풍경의 탄생》(2005년 문예진흥원 우수문학도서), 《붉디붉은 호랑이》(2005년 문화예술위우수문학도서), 《들뢰즈, 카프카, 김훈》(2006년 문화부 우수학술도서), 《장소의 탄생》(2007년 예술원 창작기금 수혜 및 문화부 우수교양도서), 《절벽》(2008년 문화예술위 창작기금 수혜 및 우수문학도서), 《이상과 모던뽀이들》(2011년 문화예술위 우수문학도서), 《마흔의 서재》(2013년 문화부 우수교양도서), 《동물원과 유토피아》(2013년 문화예술위 우수문학도서) 등 다수의 저서를 발간했다. 지금은 안성에서 책을 읽고 쓰며 살고 있다.

1

애초에 시는 말·울음·소리에서 갈라져 나왔을 것이다. 시의 원시적인 형태인 즉흥적인 노래, 음송吟誦, 주문呪文, 선율을 가진 울음, 가성假聲, 자연이 내는 소리에 대한 흉내 따위는 자연 대상에 대한 감정 반응이거나 혹은 유희 본능의 발현, 혹은 비일상적 제의의 한 형식이었을지도 모른다. 그렇다 하더라도 생존 기술과 무관해 보이는 시의 발생이 어떤 동물행동적 필요성을 품고 있는지를 이해하기란 쉽지 않다. 가장 유력한 것은 시가 인간의 마음에 내재된 미적 본능의 발현이라는 설이다. 자연에 자극을 받은 감정 본능이 '양식화된 미적 반응'으로 나타난 것이 시라는 설은 그럴 듯해 보인다. 한 가지 분명한 사실은 예술 일반이 그렇듯 시 역시 "특별한 어떤 것, 윤색한 것, 삶을 보완하는 것"[1]이라는 점이다.

---

1 엘렌 디사나야케, 『미학적 인간』, 김한영 옮김, 예담, 2009, 104쪽.

2

시는 넋두리가 아니다. 시는 말의 집합체라기보다는 침묵의 벽에서 이따금씩 돋아나는 언어의 종유석鐘乳石이다. 시는 언어를 희귀한 것으로 둔갑시키는 재능이다. 시는 언어를 쓰되 언어에 고착되지 않고 언어를 넘어간다. 시는 하늘을 가르는 번갯불이고, 터지는 꽃봉오리며, "일곱 겹의 종달새 노래"[2]이다. 시란 허심虛心과 탄회坦懷의 경지에서 홀연히 뇌의 전두엽을 여는 일이다. 억지로 될 일이 아니다. 세계에 내 존재를 가만히 내맡기는 계기를 얻어야만 한다. 그런 계기에서 닫힌 존재가 열리면 말들이 흘러나온다. 바로 자기를 버려 자기를 얻는 의미의 순간, 즉 시적 창조의 순간을 맞는데, 시적인 순간은 "작은 것이 큰 것을 비추는 순간"[3]이기도 하다. 흘러나온 말들이 은폐되었던 것을 열고 스스로 질서를 얻어 하나의 흐름을 이룬다. 우리가 시라고 부르는 그것은 존재의 싹틈이요, 존재의 약동躍動, 말의 춤이다. 그것은 본질에서 세계 인지, 즉 에피스테메episteme의 갱신이다. 시는 밖으로 흘러나와 만인을 매혹하고 만인에게 황홀과 몽환을 건넨다.

---

2 D.H. 로렌스 시집, 『제대로 된 혁명』, 류점석 옮김, 아우라, 2008, 13쪽.
3 김우창, 「현실의 예술적 재구성」, 네이버 열린논단, 2014.

3

유재영의 시는 명名과 역易의 중간쯤에 머문다. '명'이 걸러지지 않은 혼탁과 잡스러움에 속한다면, '역'은 질서이고 규범인 '이理'에 속한다. '명'이 현실이고 찰나라면 '역'은 관념이고 영원이다. '명'이 말의 세계라면 '역'은 말로 드러낼 수 없는 도의 세계이다. '명'은 본질에서 실질이고 명목에 종속당한다. '역'은 그 현실 너머 보기다. 이를테면 '명'은 『장자』에서 말하는 '전筌'이나 '제蹄' 따위와 동렬에 놓을 수 있는 그 무엇이다. "전筌은 물고기를 잡는 수단이다. 물고기를 잡으면 통발을 잊는다." 이때 '전'은 물고기를 잡을 때 미끼로 쓰는 향초나 물고기를 잡는 통발 따위를 일컫는다. "제蹄는 토끼를 잡는 수단이다. 토끼를 잡으면 올무를 잊는다." 이때 '제'는 토끼를 잡는 도구를 일컫는다. 물고기를 잡았으면 통발을 버릴 것이요, 토끼를 잡았으면 올무를 잊어버릴 일이다. 득의망언得意忘言이다. 시의 언어는 통발이고 올무일 따름이다. 뜻을 얻었으면 그 도구는 잊을 일이다. 글은 말을 다 하지 못하고, 말은 뜻을 다하지 못한다. 말이 번쇄한 까닭에 글이 이를 감당하지 못하고, 뜻은 크고 넓어서 말이 이를 다 담아내지 못하는 것이다. 이제 우리가 염려해야 할 일은 "나는 어디에서 저 말을 잊은 이를 만나 그와 말을 나눌 수가 있을까!"에 있다.

4

유재영의 시들은 자주 고요와 적막에 물든다. 고요와 적막은 시인의 내적 취향이다. 타고난 직관이고, 피에 새겨진 불가피한 천성이다. 그랬으니 고요와 적막을 향한 본능적인 이끌림은 매우 자연스럽다. 가령 "고요가 턱을 괴는 동남향 툇마루"「바람이 연잎 접듯」, "경사진 고요 속으로 사라지는 모월 모일"「모월 모일 某月某日」, "적막이란 적막들 모두 다 갉아 먹은"「생각이 깊어지면」 따위가 그렇다. 고요와 적막 속에서는 사물들이 환하게 그 자태를 드러낸다. 그 적막과 고요 위에 여뀌꽃 분홍 그늘도 생기고, 고향 울밑엔 청보라 달개비꽃도 피고, 수리 새끼들 분가하는 날도 오고, 가지 끝 오목한 달이 꽃등처럼 걸리는 밤이 오고, 이마 맞댄 열매들이 허공을 팽팽하게 휘게 하는 가을날이 있고, 비 개고 반나절은 구름도 옥양목 빛인 날들도 흘러간다. 유재영 시의 절창絕唱들은 지혜와 깨달음의 전제 조건인 고요나 적막과 관련이 있다. 고요와 적막이 우리를 새로운 깨우침과 놀람의 세계로 이끄는 것도 그런 까닭에서다. 유재영의 시들을 읽으며 눈이 환해진 듯한 느낌을 갖는데, 바로 그 오성悟性과의 마주침에서 비롯한다.

5

유재영의 시에서 또 하나 주목할 것이 있으니, "벽오동 푸
른 그림자 말뚱처럼 누워 있다"「바람이 연잎 접듯」고 할 때 홀
연히 자취를 드러내는 그늘이다. 그의 시에는 그늘이 많
다. 그늘이란 어둠을 머금은 빛이다. 그늘은 어둠의 밝
은 부분이요, 빛을 반쯤 머금은 어둠이다. 음양오행陰陽五
行에서 음陰이다. 『주역周易』에서 음은 곤坤의 세계다. 곤은
생명의 발흥과 그것의 펼침과 오그라듦을 드넓게 품은 땅
의 본질과 조응한다. 『주역周易』은 말한다. "땅은 두터워
만물을 실어 주니 그 덕은 한이 없다."라고. 사람은 이 대
지모신의 세계에서 삶을 일군다. 곤의 세계는 대지이고,
서리와 얼음이며, 메마름이고, 대지에 드리워진 그늘이
다. 시간으로는 오후이고, 방위로는 서남이다. 『유재영의
시에서 그늘의 실제는 "나이도 이쯤이 되면 넉넉한 그늘
한 채"「나무 성자 聖者」, "바람이 연잎을 접듯 내 생각도 반그
늘"「바람이 연잎 접듯」, "소나기 지난 자리 여뀌꽃 분홍 그늘"
「분홍 그늘」이라는 표현을 얻는다. 조금 더 넓혀 보면, 마흔
에 이르러 가져 봤다는 북향집에 흔한 것도 그늘이요, 오
동잎 마른 그림자 반쯤 가린 열사흘 밤을 고적하게 밝힌

것도 그늘이고, 달 아래 마른 갈대 벌레 앉힌 늦은 밤 어
둠과 엉켜 혼미하게 만든 것도 그늘이며, 외양간 워낭 소
리도 권속 같던 그날 밤의 어스름도 그늘이다.

6

일찍이 그늘의 아취雅趣에 반하여 그를 예찬한 글을 남긴 이웃나라 다니자키 준이치로는 이렇게 적었다. "우리들은 문지도리 뒤나 꽃병 주위나 선반 아래 등을 메우고 있는 어둠을 바라보고, 그것이 아무것도 아닌 그늘이라는 사실을 알면서도, 그곳의 공기만이 착 가라앉아 있는 듯한, 영겁불변의 고요함이 그 어둠을 차지하고 있는 듯한 감명을 받는다. 생각건대 서양인이 말하는 '동양의 신비'라는 것은 이처럼 어두움이 갖는 어쩐지 으스스한 고요함을 가리키는 것이리라. 우리들 역시 소년 시절에는 햇빛이 도달하지 않는 다실이나 서원의 도코노마 안을 바라보노라면, 말할 수 없는 두려움과 차가움을 느꼈던 것이다."[4] 일본의 건축물에서 문과 창에 바른 장지를 통과한 햇빛은 이미 창백해져서 애초의 광휘를 잃는다. 그것은 장지에 희미한 얼룩처럼 들러붙는다. "나는 자주 저 장지 앞에 멈춰 서서, 밝지만 현란함을 조금도 느낄 수 없는 종이 면을 응시하는데, 큰 가람 건축의 다다미방 등에서는 정원과의 거리가 멀기 때문에 점점 약해져서, 춘하추동 맑은 날도 흐린 날도, 아침이나 낮이나 밤이나, 거의 그 희미함에

4　다니자키 준이치로, 『그늘에 대하여』, 고운기 옮김, 눌와, 2005, 35~36쪽.

는 변함이 없다. 그리고 세로로 퍼진 장지 문살의 한 칸마다 생긴 구석이, 마치 먼지가 묻은 것처럼, 영구히 종이에 달라붙어 움직이지 않을 것 같은 의심이 든다. 나는 그럴 때마다 그 꿈같은 밝음을 의아해하면서 눈을 깜박거린다. 뭔가 눈앞에 아지랑이 같은 것이 있어서, 시력을 둔하게 하고 있는 것처럼 느껴진다. 그것은 희읍스름한 종이의 반사가 도코노마의 진한 어둠을 쫓아내기에는 힘이 달리고, 도리어 어둠에 내쫓기면서, 명암이 구별되지 않는 혼미의 세계를 드러내고 있기 때문이다."[5] 준이치로는 그늘에 대한 이끌림을 동양인의 내면에 깃든 본성적인 것으로 판단한다. "생각건대 동양인은 자기가 처한 상태에서 만족을 구하고, 현상을 감내하려는 버릇이 있어서, 어둡다고 하는 것에 불평을 느끼지 못하고, 그것은 어쩔 수 없는 것이라고 단념해 버려, 광선이 없으면 없는 대로 도리어 그 어둠에 침잠하고, 그 속에서 저절로 이루어지는 아름다움을 발견한다."[6]

---

5 다니자키 준이치로, 앞의 책, 37쪽.
6 다니자키 준이치로, 앞의 책, 51쪽.

7

그늘은 빛과 어둠 사이에 걸쳐져 있다. 그것은 왜소해진 빛의 태도이고, 희박해진 밝음이다. '환한 어둠'이라는 모순형용을 너끈히 받아 내는 그늘은 시로 말하자면 첩운疊韻7이요, 뜻으로 보자면 현상을 감내하려는 달관과 체념의 경지이다. 피가 들끓는 청년들의 감수성으로 그늘은 받아들이기 힘든 아득한 것일 뿐 현실적 실감이 적다. 청년이 마음에 그늘을 품었다면 그것은 병적인 벽癖을 드러내는 것일 따름이다. 그늘은 노년의 정기요, 늘마음이다. 그늘은 노년의 혼魂과 백魄, 기氣와 성性에 두루 깃든다. 아울러 그늘은 노자가 말한 화광동진和光同塵의 경지에나 비로소 닿을 수 있는 자족할 줄 하는 서늘한 인격을 은유한다. 더 이상 과욕 따위는 발을 붙일 수가 없다. 유재영의 시에서 그늘은 인간의 온갖 복락과 불행, 밝음과 어둠을 두텁게 품는다. 「가을 무설전 無說殿」은 유재영의 시가 그늘의 미학에 닿은 것은 우연이 아님을 보여 준다. '북향집'이란 무엇인가? 그늘이 많은 집이다. 이때 그늘은 불행과 수심의 잠재태潛在態다. 시인은 밤마다 모래 위에 성을 쌓던 소년 시절을 지나 북향집에서 불행과 수심을 끌

---

7 '첩운疊韻'은 모음을 겹쳐 쓰는 것을 말한다. 두보杜甫가 애용했던 수법이다.

어안고 안거安居했던 마흔의 나이를 건너 "크면 어때 큰 대로, 또 작으면 작은 대로"「가을 무설전 無說殿」조용히 수긍하고 받아들이는 달관의 나이다. 첫사랑도 아득해지고, 손차양 너머로 동구 밖을 내다봐도 더는 찾는 이 없는 나이, 어느 덧 그늘을 품는 것이 자연스러운 노년의 때에 이른다.

8

유재영 시의 수일함은 그 투명성에서 드러난다. 투명함은
고요의 감각적 깊이와 평정에 잇닿아 있는 늘마음의 바탕
을 보여 준다. 마음이 고요와 평정에 이르지 못할 때 투
명함은 불가능한 꿈에 지나지 않는다. 고요가 없다면 마
음은 혼탁과 혼돈에 머물 뿐이다. 「내간체 內簡體로 읽는
봄」에서 그 투명함은 매우 인상적으로 모습을 드러난다.
시인은 무덤 속에 있는 세월의 묵음을 보여 주는 삭은 뼈
가 신생아 울음소리에 뒤척이며 깨어나는 봄을 노래하는
데, 그 핵심은 봄의 기적이 곧 신생의 기적이라는 사실이
다. 시인은 벌떼 같은 햇빛들, 촛불처럼 환한 나생이꽃,
어린 별들이 어우러지며, 오래된 죽음과 신생의 삶을 하
나로 아우른다. 이 시는 투명함 속에서 크고 작은 것에서
생명의 맥동이 느껴지는 봄날의 기쁨과 보람을 고스란히
우리에게 돌려준다.

9

유재영의 시는 "침묵과 말의 궁극적이며 유일한 결합"[8]이
라는 것을 보여 주고, 일곱 겹의 종달새 노래를 들려 주
며, 겨울이 왜 "강철로 된 무지개"[9]인가를 깨닫게 한다.
그의 마음이 가 닿은 곳은 "먹바위 벼랑 끝에 누군가 벗
어 놓은 수직의 빙폭氷瀑 한 필"「겨울 적소 謫所」이다. 이 이미
지가 품은 전언傳言은 서늘한 유아독존이 내뿜는 기개이
고 오연함으로 감싼 자존의 당당함이다. 한 치의 타협도
없다. 한 점의 더러움도 없다. 이 마음을 밀고나간 끝에
시인은 어느 시의 어느 구절에서 문득 "굳은살에 검버섯
도 드문드문 피는 육신"「나무 성자 聖者」으로 나무 성자가 되
고 싶은 소망을 피력한다. 나무 성자! 그것은 누군가를 향
해 "평생을 봉헌"「그리운 잔 盞」하는 일이고, "하늘이 맑은 이
치를 오늘에야"「모월 모일 某月某日」 깨달은 자가 취할 삶의 궁
극이다. 애초에 사람은 '나무 사람Homo Arboris'이었다. 사
람과 나무가 오랫동안 맺어 온 연접성과 공생성에 비추
어 볼 때 이 말은 틀림없는 말이다. 인류 문명사는 나무들
이 들어찬 숲에서 시작했고, 내내 나무에 기대어 산 역사
다. 잘 살펴보면 사람은 "무의식과 어린 시절이라는 뿌리

---

8 나탈리 레제, 『사무엘 베케트의 말 없는 삶』, 김예령 옮김, 워크룸프레스
   2014, 89쪽.
9 이육사, 「절정」의 한 구절.

를 존재의 심층에 내린 채, 나무가 몸속에서 물을 회전시
키듯 피를 전신에 회전시키며, 태양과도 같은 이상理想을
향해"[10] 사는 존재가 아니던가! 땅에 뿌리를 박고 줄기를
위로 뻗어 무수한 가지를 옆으로 펼치는 나무의 실존에
서 우리가 보는 것은 무엇인가? "다른 생명, 다른 생명 현
상과 함께 존재함이 대단한 의미의 존재함이 아니라 삶을
지속해가는 필수 조건이고 성질이 되는 모습, '존재의 연
접성'이라는 구조적 조건 아래에서만 숨을 쉬고 살아가고
있는 생명의 모습, 그런 모습을 우리는 나무의 실존에서
본다."[11] 나무 성자는 삶의 가장 아름다운 덕목들을 품은
삶의 표상이다. 유재영이 마음에 품은 삶의 궁극은 바로
그 나무 성자다. 나무 성자는 온몸으로 무죄다. 그러므로
감히 이렇게 말할 수 있다. "떠나는 가을 길이 저리 환한
거라면 / 이런 날 아름다운 죄, 우리 한 번 짓는 거야"「떠나
는 가을 길」.

---

10 우석영, 『수목인간』, 책세상, 2013, 12~13쪽.
11 우석영, 앞의 책, 37~38쪽.

느티나무 비명 碑銘

지은이   유재영
펴낸이   유재영
펴낸곳   동학사

1판 1쇄   2014년 6월 5일
1판 3쇄   2014년 12월 10일
출판등록   1987년 11월 27일 제10-149

주소   121-884 서울 마포구 토정로 53 (합정동)
전화   02-324-6130, 02-324-6131
팩스   02-324-6135
E-메일   dhsbook@hanmail.net
홈페이지   www.donghaksa.co.kr
               www.green-home.co.kr

               ⓒ 유재영, 2014

ISBN 978-89-7190-453-4 03810